KB266719

나는 오래전에 그려진 하나의 풍경화

은사이신
화가 故 최덕휴(崔德休)교수께
이 시집을 바친다

海牧 2詩集

나는
오래전에 그려진
하나의 풍경화

시·그림 김철수

도서출판
곰단지

서(序)

벌써 세상은 왔다
저만치 가는데

끝나는 그날까지
내 영혼 언제나 자유롭기를

4359년
해목(海牧) 김철수(金徹壽)

2부 공간속의 새

3부 내 일상의 노래

1부 길

길

평생
순수(純粹)를 찾아 헤매었다

해지는 들녘

나는 먼 길을 걸어
이제 집으로 간다

외덕리(外德里)*

그 옛날
그 언덕엔

아직도
키 큰 버드나무 한그루 서있더라

어젯밤 꿈속……

못난 고백

어머니!
당신은 내게
언제나 가슴 따뜻한
한 인간이 되길 바랐지요?

그러나 나는
오랜 바람결 때 묻고 묻어
자꾸 못난 사람이 되어가네요?

아버지

살아생전 아버지 별말 없으셨네

아버지 언제나 모습만 보이셨네

아버지 언제나 아버지 일을 하셨네

아버지 언제나 한결 같으셨네

오늘 무척 아버지 그리워지네

마른 풀잎

인생이란……
바람결에 슬쩍 눈 한번 떴다 가는 것
그 의미를 아는 나이쯤에
겨울벌판에 누운 메마른 풀잎에도
인생이 있더라
저기 바람 날려 골목길 쌓인 낙엽 같이
내 지난세월 그 숱한 아쉬운 것들
에이, 가만 앉아
숨 한번 크게 쉬어볼 걸
꼭 내일 죽을 듯이
너무 바삐 걸어온 건 아니었는지?

높이와 넓이

세상사(世上事), 높이와 넓이

내 지금껏 세상을

높이로만 보았네

높이는 수직이고 오름

오름은 희망이고 욕망

욕망은 때로 싸움이고

싸움은 세상살이이고

내 오늘 비로소 세상이

넓이로 보이고

넓이는 수평이고 느림

느림은 여유이고 긴 여운이더라

해

오늘도 하루 일 끝마치고
저녁하늘 붉게 물들이며
말없이 집으로 가는 너를 보았다

어린 나무에게

엄마 아버지 이 세상 한 가운데

나를 세워 울렸듯

나 또한 너를

황량한 이 벌판에 세워 또 울리고 있구나

너와 나 가는 길 영원하다면

그 길 언제나 너와 함께 걸으마

그러나 이 세상 그 어느 것도 영원함 없는 법

바람 부는 어느 날 훌쩍 나 먼저 가고나면

너는 그 길바닥 혼자 남아 그리워만 할래?

너는 이 세상 존재된 한그루 나무

썰물처럼 바람 빠진 늦은 밤

무서움에 질려 울어도 보고 외로워도 보고

모질게 세월 이겨 턱 버틴

저 언덕 한그루 벌거벗은 겨울나목(裸木)처럼

훗날 너도

또 한그루 당당한 겨울나목이었으면?

구름 속 숨어

까발리고 들뜬 세상 숨은 자가 아름답다
그래 나는 꼭꼭 숨기만 했었다
아무리 먼 곳 하늘 끝이라도
나는 예사 다들 날 찾아줄 줄 알았다
그래 세월 흘러흘러 내 머리 하얀 구름
그까짓 세월 따윈 관심조차 없었다
나는 예사 다들 날 잊지 않은 줄 알았다
나는 예사 다들 꼭 날 찾아줄 줄 알았다
그래 나는 꼭꼭 숨기만 했었다

낙엽을 보며

회한(悔恨)의 그림 한 장
오래도록 가을 풍경에 박혀 있다

문득- 나뭇잎하나 떨어져
물에 잠긴다

시간은 이렇게 움직이며 흐르고
나는 이 세상 잠시 머물다 가는
어설픈 구름하나

몇 번을 더
이 풍경 다시 볼 수 있을까?

요즘 부쩍
시간에 대해 생각이 깊어진다

나무하나

꼼짝 않고
오래도록 그곳에
나무하나 서있네

뭇 새들 날아와
온종일 재잘대며 놀다
날아가네
날아가네

움직이지 않고
오래도록 그곳
서있는 나무는
또 혼자가 되네

일상(日 常)

강물이 흘러흘러 끝없이 흘러가는 것은
강물은 언제나 흘러가는 것이라
생각하기 때문이리라

산이 꼼짝 않고 그 곳에 있는 것은
산은 언제나 움직이지 않고
그곳에 있는 것이라 생각하기 때문이리라

이 모든 것들 다
아직도 내가 여기 서있기 때문이리라

청춘의 그날들은

아! 신나는 날들이었다
내 청춘의 그날들은

웃음도 있었고
눈물도 있었고
꿈도 있었고
사랑도 있었고
용기도 있었고
낭만도 있었고
그리고 뜨거운
열정도 있었고

아! 다시 오지 않으리
내 청춘의 그날들은

어둠 속 꽃잎하나

진저리치도록 파란
군청색 밤하늘
꺼멓게 그림자 드리워진
줄지어 서있는 나무들 사이
가만가만 흔들리는 작은 별처럼
하얀 꽃잎 하나하나

별인 듯
별인 듯 날리네

봄

졸졸 흐르는 개울가
덤벙덤벙
발을 담그네

내 뒤
따스한 바람 당신이
살포시
허리를 안아와

그만 가슴을 여네

그 산 숲에서

그 산 꼴짝 깊은 숲엔
여름 산 짙은 초록이
햇볕에 빤짝이며 웃어 샇데
하얀 물소리
파란 바람소리
깊고 깊은 뻐꾸기소리

나는 가만히 앉아만 있었네
그 산 숲에서

젊은 날의 꿈

시간의 저쪽

그것을 그곳에 두고 온 적 없다

설령 그것을 그곳에 두고 왔다 해도

나는 다시 그곳으로 되돌아 갈 수 없다

이미 나는 그곳으로부터 너무 멀리와

있기 때문이다

그것은 언젠가 슬며시 내게서 사라진

마냥 푸르렀던 내 젊은 날의 찬란했던 꿈

다시 찾을 수 있을까? 그것을 찾으려

오늘도 나는 천천히 걸으려한다

그러나 시간은 나를 재촉한다

빨리 가자고, 빨리 가자고

저무는 강

저 붉고 찬란한
저녁 빛 저무는 저 강물 위

그 한줄 빛마저
어둠속 숨을 때

내 가슴 올올이 박힌
그 울음 그칠 건가?

공간

살아있음은 존재의 인식(認識)
죽음은 인식의 소멸(消滅)
산 것 모두 영원함 없는데
아들아, 나를 기념하지마라

인식은 짧은 시공간(時空間)

내 죽어 나를 모르고
너 죽어 너를 모를 때
너와 나의 공간은 존재하지 않는 것

그렇다면 기념은 의미 없는 일

별을 보며

심한 열(熱)로 잃을 뻔한

어린자식

유난히 잔병 많든 어린별 업고

그 날도 엄마별

허둥대며 마을 앞 고개를 넘었다

병원도 없든 시절

자라침* 용하다든

싸리담장 그 할배집 갔다

돌아오는 길

그 날도 밤하늘엔 별이 많았다

* 자라침-복학이라 불리는 어린이병의 일종인 자라병에 걸렸을 때 배에 놓는 침.

겨울비소리

문밖엔
겨울비 질척대며
종일토록 내리고

엄마 아부지 생각 나
눈물이 난다

캄캄한 밤
차가운 솔숲 그 땅속
엄마 아부지 두고

나 혼자 이렇게
따뜻한 방구석 있네

둥지 밖 떠밀며

근근이 날개 짓 가르쳐
둥지 밖 떠미는
어미마음 오죽하랴
돌아오는 차속
너거 엄마
훌쩍훌쩍 울어 샇데
"와 우노?"
무심결 아버지 던진 말
너거 엄마 더 서럽게 울데
"지 안 울면 나도 안 울긴데"
그 소리 들은 아버지
울컥 목이 메이데
살며 이별할 일 많은데
니 그렇게 울어 사면 우짜노?

동화(童話)하나

어릴 때 흔하게 듣던
다리 밑 주워온 아이
내가 그 말을 처음으로 들었던 날
그 밤엔
이 세상 혼자된 무서움과 외로움에
얼마나 몸을 떨며 서럽게도 울었던지
나는 정말 주워온 아이일까?
어린 내내 떨쳐내지 못한 그 의문
그 은유
머리 희끗해진 사내가
엄마 아버지 무덤가에 앉아
그때를 떠올리며 빙긋 웃었다

겨울 동해(東海)

들뜬 전세버스는
겨울 동해(東海)를 쭉 따라
오르고

종일토록 부어터진 하늘은
그새 또
눈을 풀풀 내리고

차창 밖 펼쳐진
파란바다는 끝이 없다

미조항(港)*

숲속 넘어 살짝 보인

조그만 바다와 항구

가던 길 잠깐 돌아 들어가니

그곳엔

멸치배와 갈매기떼와

사람들이 온통 뒤섞여

엄청 북적대는

비릿하고 소금기 가득 밴

참한 포구(浦口)하나 있더라

* 미조항-경남 남해군 미조면의 조그만 어항(漁港)

먼 훗날

나는 오래전에 그려진 하나의 풍경화

그림은 끝내 벽(壁)이 되고

먼 훗날 누군가에게 나는

오랜 향수(鄕愁)이고 추억이고 싶다

살며

나는 나에게 얼마나 솔직했는가?

나는 나에게 얼마나 뜨거웠는가?

나는 나에게 얼마나 나다웠는가?

우연히 집어든

우연히 집어든 옛날 대학시절 읽던 책속

그 속에 끼여 있는 오래된 사진 한 장

사진 속 내 옆엔 네가 서있고 너는 환하게 웃고 있더라

과(科)학생 누군가에게 부탁해 찍었을

학교 상징탑 있는 그쯤에서 바라본

사월이면 늘상 흰 목련이 활짝 피었던

우리 다닌 대학교정, 아마 그때는 겨울인가보다

길옆 앙상하게 남은 가지가 배경으로 보이고

늦은 시간 그림 그리다 출출해진 배를 채우려

교문 밖 나오던 땐가?

너와 내가 입은 작업복엔 물감이 묻었고

그때는 정말 꼭 우리들 세상처럼 온 사방을 헤집고 다녔고

서로 무척 사랑한다 생각했었고, 그 사랑 영원하다

생각했었다

그러나 그 사랑⋯⋯⋯⋯⋯⋯⋯⋯⋯⋯⋯⋯⋯⋯⋯⋯⋯⋯

생각하면 아직도 온몸에 미열 같은 가벼운 흥분이 이는

내 지난날 아름다운 한 장 삽화(揷畵)일 뿐

팔판산(八判山)*

내 태어나 자란 고을 제일 높은 산
산은 내 나기 이전부터
여덟 판사 날 산이라 전설되어 있었다

내 아주 어린 어느 날 그 산이 불났던 밤
무서움에 질린 아이가 엄마 품에서 훔쳐본
그 장엄, 그 거대한 빛과 소리
하늘 무너지고 땅 뒤집히고
불길은 천길만길 날고 솟고 꺼꾸러지며
날름거리는 악령의 혓바닥처럼
비상하는 붉은 새의 날개처럼
온산 휘몰아 된 며칠 밤낮, 산대가리는
온통 붉은 핏빛이었고, 거대한 불의 축제였고
죽음의 제의였다
그 산 팔판산(八判山)
그 산의 울음소리를 그때 들었다

* 팔판산(八判山)-경남 김해군 장유면 소재

한조각 구름 보며

1

산 넘고 넘어 뭉게구름 피어오른
파란 저 하늘에 가볼래?
못 간다면 니는 쉬어라

2

영원이 어디 있데
살아 있다는 그것만으로도
정말 눈물 나지 않데

3

어느 날 나 혼자 퍼대져 운들
어느 날 나 혼자 퍼대져 운들
니 내 마음 알까?

5

혼자라 외롭다 울지 마라
어차피 저세상 지 혼자 가는 걸

6

이 세상 맨 처음 하늘 본 그 사람도
하늘 떠도는 구름의 자유로움 보았을까?

7

저 하늘 새 한마리 보내
구름 좀 쓸어내야겠다
눈이 부시도록 밝은 태양 한번 보게

아내와 나

그림 그리는 남자, 살림 사는 여자

말 잘하는 남자, 별말 없는 여자

싸움 거는 남자, 싸움 받지 않는 여자

지 잘난 맛 사는 남자, 그저 웃고 마는 여자

2부 공간속의 새

공간속의 새

한 마리
창공을 날고 있는
새

탈출은 자유를 위한 것

자유를 찾음인가?
아직도 그 굴레인가?

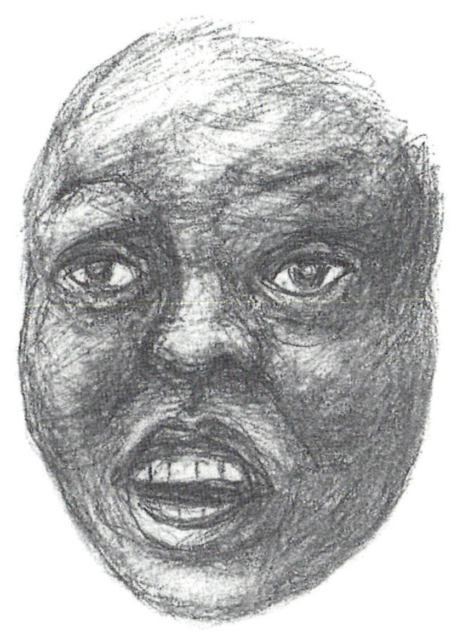

하늘 끝 앉아

뿜어내는 내 향(香)
너무 강해서일까?
내 가까이 사람들 없다

때론 폭풍처럼 밀려드는
생(生)의 마지막 두려움에
나 혼자 펑펑
눈물 쏟은 적 있다마는

그래도 나는
자존 강한 족속
언제나 푸르리라푸르리라
굳게 다짐한다

억지

세상아!
날 좀 나무라지 마라
그리고 날 좀
그냥 내버려둬라

내 이렇게 모질 떨고
고집부리는 건
마음껏 활개 치며
훌훌
이 세상 한번
날다 가고 싶은 것

친구 인이

니하고 내하고
이 가을 들길 걸으며
세상사는 이야기를
시간가는 줄 모르고
해봤으면 좋겠다

창(窓)

그것은
밖을 향한 통로
내 유일한 탈출구
내 호기심은 언제나
그 너머에 있고

그 너머엔
맑은 바람과
푸른 하늘이 있다

천지창조

봄볕
따사로운
밭에 나가

씨앗
한 알
집어서
땅에
심었다
.

니 아나

내 얼마나
서럽게 울었던지

아무것도 한 것 없이
이래저래
이 세상 살다간다 싶어
얼매나 서럽던지

멍청

어느 날
문득
하늘 한복판

나는 한 점
허연 구름 되어있더라

꿈

어젯밤 꿈속
하얀 호수 위
파란 물새 한 마리
날고 있었네
터벅터벅 나는
밤새도록
그 물새 날아간 곳을
따라 걸었네

달밤

그런 밤이면 꼭
누군가 밖에서 나를 불러
그 소리 놀라 나와 보니
뜰엔 하얀 눈이 내린 듯
달빛이
가득

달빛! 너였니?
나를 부른 게

추억

추억이란
지 가슴 속 한쪽 켠
깊숙이 숨겼다
때때로 끄집어내어
울고 웃고 해보는 게
아름다운 것인데
가끔 생각지도 않게
불쑥불쑥 뛰쳐나와
가만있는 날
자꾸 울리곤 하데

그 형
-시인 以西 姜東柱-

나는 그의 시 좋아하고

그는 내 그림 좋아하고

우리 둘 오래전 그렇게 만났다

십년 나이에도 서로 끔찍이 아끼며

격 없는 우정을 나누었던 그 형과의 만남

그와의 만남은 언제나 설레고 유쾌하고……

그러던 어느 날 아침 홀연히 그는 떠났고

그는 요즘 그곳에서 구름 되어 산다했다

형! 나중 나도 구름 되면

우리 그 때 한 번 만납시다

시간의 느낌

마감을 예감하는 시간들 밀려오고
떨림과 두려움도 함께 밀려오고
시간은 본래 생긴 모양 그대로인데

단지 오고 감은
그저 인간이 느끼는 시간일 뿐

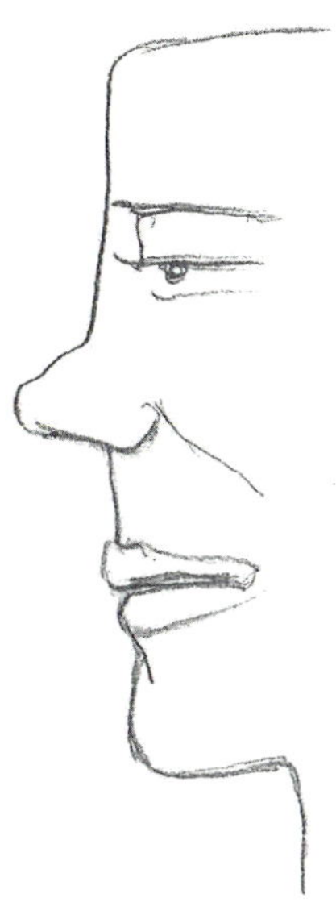

무대 뒤 서서

한때는
광활한 푸른 초원 위를 누빈

그러나 지금은
지 만든 울안에 갇힌 늙은 바람(風)되어
오늘도 엉거주춤
이러지도 저러지도 못하는
그저 이름뿐인 존재
이 답답한 실존

무대 뒤 서서 나는 울었다

누가 알까?

내 이 참혹
사람을 만나도 신나지 않고
노래를 불러도 즐겁지 않고
소리 내 울어도 시원하지 않고
그저 쌓이는 건 참담함 뿐
그저 쌓이는 건 조급함 뿐

세상 다들 이래 사는 건지?
유독 나만 이래 사는 건지?

길 위에 서서

진작 집으로 갈 걸

밤은 깊고

전에 없든 가로등 불이 켜지고

때론

내 서있는 위치가 몹시 의심스러워

길을 걷다 우뚝

이렇게 길 위에 선다

막막한 교차길 위, 멈칫

이젠 어디로 가지?

이 늦은 시간

바보처럼 물끄러미

나를 보며 묻는다

수평선을 찾아

바람이 언덕을 지나
고개를 넘는다

내 마음 아직도
해 뜨는 저 먼
수평선을 찾아 떠나고 싶다

요즘 나는

간혹 알 수 없는 두려움이 밀려온다
이러다 죽을 수도 있겠다싶다
그 만큼 세상 버티기가 내겐 버겁다
그렇다고 요즘 세상 맞추어 살지도 않겠다
그렇다고 누구를 탓하거나 원망하지도 않겠다
다시 푸른 나무처럼 곧게 서있어 보려 애를 쓴다
그러나 풀어진 마음을 가두기 지금은 어렵다
좀 더 내게 솔직해보려 노력한다

그러나 아무도
이 사실을 사실로 믿으려하지 않는다

3부 내 일상의 노래

내 몸짓은

나의 언어
내 표현의 의지이며
내 사유의 본질
곧 나의 세계

내 몸짓은
나를 말하는 것

백년(百年)

기필코 백년을 살겠다
내게 한 약속
그 백년의 세월 모두가
내 몫은 아닌 듯
육신의 마디마디에는
뻥뻥 구멍 뚫려오고
언제나 풋풋한 청춘이길 바란
욕심 많은 사내의 남은 시간은
아무래도 다음 역할을 위해
남겨야 할 듯

자존(自尊)

내 평생
자존 지키려
너무
목에 힘을 주어
목이 아프다

그 아픔
등줄기
타고 내려
이젠
발끝까지 아프다

관객과 예술가

1

뛰어난 관객이 뛰어난 예술가를 만든다

관객이여

당신의 의식은 깨어 있어야 하고

당신의 눈은 독수리눈같이 번뜩여야 하고

언제나 합리적이고 논리적이어야 하며

칼날 같은 예리함과 냉정함으로

끝없이 질문하고 끈질기게 파헤쳐라

그들의 비밀스러움과 신비스러움을

그러나 결코 군림 아닌 은근함으로

많은 애정과 한결같음으로

예술가, 그들을 향해

열렬한 찬사를 아끼지 않아야 한다

단 한사람의 관객으로도 예술가는 행복하다

2

위대한 예술가여, 예술은

신이 관심두지 않은 또 하나의 신의 영역

뜨거운 공감이며 삶의 흔적

그러므로 예술가는 아름다운 영혼이어야 하고

펑펑 눈물 쏟을 순수여야 하고

원시 밀림 같은 야성이어야 하고

끝없이 새로움 찾아 나선 탐험자여야 하고

오로지 자신을 향한 치열함만 있을 뿐

끝없는 창조의 고통만 있을 뿐

자신을 위한 신화와 전설을 만들지 마라

예술가란 존재하며 쉼 없이

그 존재 이유를 밝혀야 하는

그 고귀한 가치를 이루려는 순수와 고집만

있을 뿐

내 일상의 노래

1

무수한 구호와 외침 속 한복판

나는 우두커니

나무토막 되어 서있더라

　　　　　－군중(群衆) 속 고독(孤獨)－

2

내 영성(靈性)에 고독이 빠져 나간 후

나는 육신의 비계 덩어리만 키우고 있었다

　　　　　－타성(惰性)에 젖어－

3

조그만 사내아이 하나가

아장아장 길을 나서선

평생 떠돌아만 다녔다

　　　　　－나의 방랑(放浪)－

4

이대로 늘 끝없고 싶었다

이대로 늘 꿈꾸고 싶었다

그러나 나는 흐르는 강물

              -나는 흐르는 강물-

5

매일같이

영감(靈感)을 찾아 나선 나는

오늘도 거친 바람에 기대어본다

              -영감(靈感)을 찾아-

6

아득하고 무한한 어둠의 공간

내 당당하던 영혼도 그 곳에서 죽었다

              -우주(宇宙)-

7

내 태어나기 전 그 어둠 속으로
다시 돌아가고 싶다

                    -귀향(歸鄕)-

8

자꾸만 허물어지는 그 일탈의 순간에도
꼭 나를 붙잡고 있어야만 하는 이유
그게 내 사는 이유

                    -내 사는 이유-

9

내 만든 가치에 내가 갇혔다
내 마음에 또
작은 섬 하나를 만들고 있다

                    -또 하나의 섬-

10

새가 하늘을 나는 까닭은
더없이 넓고 푸른 하늘이 있기 때문
           -존재의 이유-

11

마침표 찍힌 곳
종점(終點)이더라
               -죽음-

12

아름다운 그 고집 당당한 자존
너의 걸음을 닮고 싶다
내 죽는 날까지
               -게(蟹)-

13

다수가 횡행하는 세상에
혼자라는 것이 때로
정의의 편에 서기 쉽더라

　　　　　-편 가르는 세상-

14

올곧게 세상 한번 살아보자 했더니
이놈치고 저놈치고 어찌나 건드리사턴지

　　　　　-지조(志燥)-

15

하늘이 물끄러미 날 내려다보며
잘 살고 있제? 하고 묻더라
그러나 나는 그저 웃을 뿐
아무 말도 못했다

　　　　　　-하늘이 내게-

16

너는 함부로 세상을 만지려 하는데
나는 뚫어지게 너를 바라보고 있다
                    -내 손과 내 눈-

17

그림쟁이 하루는
선(線)과 색(色)을 찾는 일
오늘도 밤은
어둠을 안고 깊이 잠들었는데
                    -나의 하루-

18

한평생 쪼맨한 아이들하고만 놀아
내 하는 모든 짓 아이 같이 어설프다
                    -벽(癖)-

19

내 존재를 확인하려
오늘도 나는 나와 치열하게 싸운다
            -나를 찾아-

20

바람과 나무들 수런대는 틈 사이
조그만 집 하나 지어
푸르름이 머무는 집이라 이름하고
스스로 쓰고 새겨 문 앞에 건다
                -녹적재(綠寂齋)-

21

바람이고 싶어라 바람이고 싶어라
끝나는 그날까지 바람이고 싶어라
            -바람이고 싶어라-

22

나는 울보, 나는 울보
바람처럼 종종 소리를 내어 운다
사라진 내 꿈을 위해 울고
잃어버린 내 영혼의 순수를 위해 울고
　　　　　－나는 울보－

23

숨길 것도 없는 그 숨김을 위해
버틸 것도 없는 그 버팀을 위해
이토록 높은 벽을 쌓고만 있었던가?
이토록 힘들여 나를 붙잡고 있었던가?
　　　　　－나를 허물며－

24

내 살아 온 길 뒤돌아보니
바람인 듯 구름인 듯 꿈결같이 살았네
　　　　　－꿈같은 한평생－

구룡포(九龍浦), 그 바다

1

나쁜 놈 손본다, 마음먹고 길을 나섰다

여기 구룡포(九龍浦), 그놈을 봤다

놈은 아주 거칠었고, 그리고 대단했다

저 먼 곳 망망한 해원(海原), 그 영원에서부터 밀려와

멍멍해진 내 눈앞에 질리도록 부서지며 무너지는

저 시린 푸른 빛

내 달리며 거들거리며 온 사방 휘몰아대는

저 거침없는 쓸림

저 군청 빛 찬란(燦爛)

저 도도하고 짙푸른 기세(氣勢)

그 어떤 놈보다 놈은 기질이 달라보였다

맞은 편 언덕에 올라 뚫어져라 그놈을 바라보며

온전히 내 마음에 놈을 가두기 위해

시간이 좀 더 필요하다

2

해뜨기 전 여명은 옅은 어둠

그놈 주변으로 난 긴 붉은 황토 길을 따라 걸었다

사위(四圍)는 차분할 정도로 조용

거뭇거뭇 선 소나무사이 간혹 철썩이며 하얗게 나부대는

일찍 잠깬 어린놈들이 있긴 하지만

놈은 아직도 짙은 해무(海霧)에 깊이 잠들어 있었다

깨워 볼까, 놈의 매력은 이게 아닌데

당당함과 팔팔함, 그 거침없음

갔던 길 되돌아오며, 하늘엔 붉게 해가 떠오른다

온 사방이 출렁대며 밝아온다, 놈이 서서히 꿈틀대며

기지개를 편다, 그리고 크게 출렁인다

역시 놈은 놈이다

내 비록 시간에 쫓겨 이렇게 돌아가지만

반드시 다시 오리라, 여기 구룡포(九龍浦)에

호주기행(濠州紀行)

지글지글 태양이 껍데기 벌겋게 태운
뜨거운 영혼을 지닌 그 붉은 땅
그 넓고 끝없는 호기심과 낯설음
마음 놓고 달려간 광야를 실감한다
차가운 밤이면 대지는 천년의 어둠에 고요해지고
1월 12일, 비로소 평정을 찾은 적도 저쪽서 온 나그네
유별나게 별 많은 밤하늘, 지구의 한 모퉁이에 서서
태어나 쭉 보아온 똑같은 달을 본다
숲과 인간이 공존하는 땅, 이 먼 곳
오스트레일리아에서

살아 있음에

내 살아있어 이렇게 기갈을 부려대고

너거 잠시라도 날 쳐다보며

그래도 마음 쓰는 척이라도 하지

내 죽어 세월 지나면 언제 너거들이

내 존재를 기억이나 할까?

그나마 막 낙엽이 지고 있는 이 가을에

나 혼자 나만의 성을 쌓아놓고

이렇게 스스로 그 성안에 갇혀선, 남들이 보면

꼭 살기위해 발버둥을 치고 있는 것이라고

생각하는 그것만으로도

내 살아있음을 확인시켜주는

또 하나의 내 진정 아니겠는가?

머뭇거림

무언가에 쓰였다 버려진 직사각의 갈색

작은 나무상자

바탕아래쪽 뚫린 사각의 어두운 공간

그 위에 만들어진 또 다른 두개의 작은 원

그리고 빛에 의해 생겨난 여러 공간들

상대적 조화와 유사적 조화, 잘 짜여진

비례와 균형, 내겐 완벽한 입체

그래

가르치는 아이들 앞에 놓고 느낌을 물었다

다양한 세상, 다양한 질문, 구미 맞게 답하지 못함의

묘한 표정의 아이들 머뭇거림

이 머뭇거림, 어찌 아이들만의 일일까?

복잡하고 빠른 세상, 요즘을 맞추어 사는 내게도

언제나 마주치는 일상중의 하나

작은 즐거움

겨울나무들 앙상하게 벗은 채로

며칠째 바람에 혹독하게 떨고 있는

나 또한 이 사나운 겨울을 버티어 내려

매일 점심 먹은 후 걷는

내 다니는 직장 옆 작은 공원 호숫가 주변

표정 없이 서있는 큰 나무들 사이

인위적으로 줄지어 심은

잎이 가늘고 노란빛 도는 가시나무 잎들이

오늘따라 더 샛노랗게 보이는

그 잎의 생기(生氣)를 보며

내 살아있음이 정말로 고마워지는

이 짧은 시간의 산책

남(南)을 등지고 걷는 등줄기 털스웨터에

겨울햇살이 따습게 내려쬐고

내 몸속 행복함 가득해지는 이 따스함과 포근함

나 혼자 거닐며 호젓이 즐기는 이 머리속 여유로움

이 작은 즐거움이 내겐 행복

그땐 몰랐다

사랑은 아무런 말도 필요하지 않은 줄 알았다

사랑은 아무런 행위도 요구하지 않은 줄 알았다

그저 바라보고만 있어도 그게 사랑인줄 알았다

빙긋이 웃는 그것만으로도 사랑은 뜨거워지는 줄 알았다

서로 마주보고 서있기만 해도 사랑은 계속되는 줄 알았다

사랑은 아주 단순해서

그저 일상의 행위만으로도 사랑은 만들어지는 것이라 알았다

그런 것이 다 사랑인줄 알았다

사랑한다는 건 아주 뜨거운 가슴과 열정이 있어야

한다는 걸

정말이지 젊은 그땐 몰랐다

4부 뻐꾸기소리

뻐꾸기소리

보리 익는 유월의 고향이 떠올려지는

먼- 먼- 오래전 전설이 묻어나는

왠지 까닭모를 외로움이 짙게 배여 오는

불현듯 저 세상 엄마아부지가 생각 키우는

뻐꾹- 뻐꾹-

저 멀리서 들려오는 뻐꾸기 소리

꽃은 피어 있는데

온 사방
꽃은 피어 있는데

아버지 이름은 김규조(金奎祚)
엄마 이름은 변말수(卞末守)

하루 종일
엄마 아부지 이름만 불렀다

하도하도
보고 싶어서

내 어렸을 적

내 아주 어렸을 적
우리 엄마 아부지는
영원히영원히
내하고 사는 줄 만
알았다

기다림

엄마
별나라 구경간지
삼십년

혼자 보내
마음 놓이지 않는다며
뒤따라 간 아버지
이십 칠년

왜 아직도
오시지 않는 걸까?
구경거리가
그리도 많으실까?

알면서도

동구 밖 나가
매일매일 나는
엄마 아버지를
기다리고 있었다

올 수 없는 걸
알면서도

연꽃

내 엄마 같은 꽃
진흙탕 그 어둠 속
한줄기
긴 꽃대 올려
푸르고 맑은 하늘
보게 하리라

당신은 언제나
그 어둠속 있으면서

새벽

안개 사방을 휘감고
풀들
이슬 함께 잠든 새벽
옛날 아버지 섰던 그 들녘에 서서
아버지 목소리를 들었다

"안개 만으이 올해도 풍년 될낀가?"

농사꾼이던 아버지
이렇게 매일
새벽을 깨우고 있었던 갑다

아내에게

1

쉼 없이 길을 가다
뒤돌아보니
저 멀리
당신이 뒤따라오데

2

한번 깔깔대고
웃게 해줄 걸
춤 한번 신나게
추게 해줄 걸

3

당신 소원
내 다 안다
지 잘났다는 남편
평생 한번 이겨보는
것

4

내 밉제?
평생 당신한테
잘해주려 했는데
세상일 그렇게
마음같지 않더라

산보(散 步)

열일곱 고향 떠난 나는 영원한 떠돌이
내 고향 金海郡長有面內德里外德
엄마 아버지 앞산 양지바른 언덕에 누우시고
꿈 많던 우리형제 세월 훌쩍 넘겨 노인네들 되고

곡선의 의미 모르는 직선만 아는 인간들이
개발이라는 허울로 올망졸망 아름답던 그 넓은 땅을
빗변 모두 없앤 삼각의 좁은 밑면만 남겨두고
온 사방 가로질러 큰길들 나고, 그리고 빈터는 잡초
아직 옛 그대로 손바닥만큼 남은 마을 앞을 빼곤
오로지 기억으로만 집어낼 수 있는 풍경
우뚝 버틴 앞산과 산꼭대기 큰 바위 있는
당산(堂山)을 표적삼아 사방을 가늠한다

동네어귀 마을회관이던 자리
어릴 적부터 있던 한그루 벽오동나무
그 가지 끝마다 세월 내려앉아 동네할아버지 되었고

남쪽으로 난 마을 앞 고개 넘어 면소재지 가는 길
그 바로 옆 산모퉁이 따라 돌아
듬성듬성 모래모여 생긴 중섬 사이 샛강이 흐르고
탁 트인 넓은 들 그 방천 둑 따라
한없이 걷곤 하던, 내 어릴 적
새우 미꾸라지 붕어 메기가 지천이던
옛날 왜정시절 읍내 가는 큰길 낼 때
산허리 잘랐더니 피 같은 붉은 물
콸콸 흘렀다 해서 그 강 이름 핏내그랑
그러나 전설 달리 그 위에 놓인 다리
곡식 피 직(稷)자, 직천교(稷川橋)

핏내그랑 끝점에서 대청천(大淸川)을 만나
갈대우거진 강을 따라 내려가면 범등포(凡登浦)
강으로 물건 나르던 수월찮던 시절
내 기억 속 그려진 그 곳은
사람들 북적대던 꽤나 번잡한 포구

고갯길 왼쪽 우뚝 버틴 산이
마을앞산 용두산(龍頭山)이고
그 산 꼭대기엔 이마난 흉처럼 아직도
옛 성터 흔적 남아 있고, 그 산 오른쪽
어릴 적 밤이면 야시울음 자주 들던
야트막한 동산을 따라올라 내 꿈 영글게 한
소 모는 사람 형상 큰 바위 당산(堂山)
그 산허리 타고 내려 동으로 쭉 뻗은 곳이
우리 집 있던 날가지

지금 훤히 뚫린 서쪽 길은

옛날 재 넘어 장에 가던 서남고개 좁은 산길

길 뚫린 절개지 위 잔뜩 바위만 이고 앉은 당산

해마다 추석지난 보름 때면 지내는

가을운동회보다 더 기다렸던 산꼭대기 당산제(堂山祭)

다들 없던 고만고만한 시절, 사람구경으로 복작대고

저마다 곱게 빼어 입은 인근 처녀 총각

그날만은 마냥 신나는 날이었다

볕 좋은 산기슭엔 철마다 들꽃들 소담스레 피고

봄이면 물오른 송구도 벗겨먹고 진달래도 따고

하릴없으면 바위에 누워 하늘 떠가는 구름도 보며

종일토록 나는 그 산에 살았다

동쪽으로 난 신작로 큰길은
가을이면 노란버드나무 가로수가 줄지어 서있고
대보름이면 달맞이 오르던 야트막한 동쪽언덕과
앞산사이, 아래내덕(內德) 지나
김해(金海)읍내 가는 이십리 길

하루 단 두 번 버스오가는 그 길을
아버지 늘상 걸어서 다녔다
내 아주어린 어느 날, 모처럼 아버지 따라나선
아버지 무척 아낀 여동생, 막내고모 집 가는 길
걷고 또 걷고 한나절을 걸은 길
그 시절 읍내엔 우리 동네와는 전혀 다른 별천지
극장도 있다하고 병원도 있다하고
지금의 대형마트 같은 도매상도 있다하고
파마국시 라면도 판다하고

날가지 끝자락과 달맞이언덕 끝자락사이

동쪽 탁 트인 넓은들 북으로 가로질러 줄강이

흐르고, 그 강 끝나는 곳이 뒷개(後浦)

그 건너가 주촌(酒村),

강둑 중간쯤 사덕(沙德)마을이 있고

그 너머 아슴아슴하게 보이는 마을이 신답(新畓)마을

푸른 하늘아래 온통 붉은 황토밭 언덕배기 한복판

검고 아주 큰 정자나무 한그루, 아니면 숲인지?

절묘한 색의 대비

너무 멀리 있어 어린 나는 갈 수 없는 줄 알았던

이국적 그 풍경, 조금 더 자라면 꼭 가보리라

그러나 붉은 황토 빛도 정자나무도

지금은 없다

우두커니 길바닥서서 옛날을 더듬는다
전에 없던 교회당 우뚝 선
길 건너 앞쯤이 양산아지매 집이고

그 옆 달맞이꽃 두어 송이 노랗게 핀
잡초더미 그곳이 옛날 우리집
말없으시나 다감했던 우리아버지
성함은 김규조(金奎祚)
농사꾼이어도 아버진 올곧은 선비였다
팥고물무친 찰떡은 엄마 잘하는 떡이고
무청 파랗게 엄마 담근 겨울동치미 작은형 좋아하고
사람 좋아하고 인정 많고 강단 있던 우리엄마
성함은 변말수(卞末守)
잔잔한 바람처럼 낭만이 있던 시절
재주 많은 우리형젠 언제나 아름다운 꿈을 꾼
안동댁 집 오남매

엄마해준 옛이야기에

큰형 태어나 걸음 걸을 때, 지나가던 스님양반

이 시대 감당 못할 인물 났다 전했다던 큰형 김대덕(大德)

그 양반 이름 그대로 담대하고 배포 크고……

그 시절 면(面)안에 천재라 소문난 수재 중 한 사람

세상한번 호기롭게 못 펼치고 간 게 내내 아쉬움

일찍 대처(大處) 나가 가난한 우리 집 일으킨

키 크고 정말 잘생긴 멋쟁이 작은형 김대수(大壽)

그 양반 이 시대 마지막 남은 낭만주의자

하늘이 탐냈을까? 아홉 살에 저세상 간 셋째형 있었다하고

귀한 외동딸에 공부 잘한 재원, 누나 김복기(卜 其)

풀죽지 않은 그 자존 아직 여전하고

고을 빛낼 인물 되라 동생 이름 김해(金海)

그래선지 달리기하나는 제일이었던 내 동생

지금은 다들 흩어져 그립기만하고, 그때를 생각하며

가만히 눈감으니 갑자기 주루루 눈물이 흐른다

옛날 살던 우리 동넨 마을 앞길 따라

집들 다문다문 이어진 칠십 가호 넘는 꽤나 큰 마을

지금은 잡초 무성한 더 넓은 그 곳 한컨이

쪼맨한 내하고 산 같은 지하고

그렇게도 붙어 다닌 내 짝지 섭(燮)이 집이었고

지금은 아이들 놀이터 된 그 곳은

둘 다 멀리 서울까지 유학 와

종종 학교 옆 서로 만나 막걸리깨나 나눈

분둥아지매 막내아들, 친구 준(俊)이 저거 집

좌우, 그 두 집 사이

꼬치감나무 집 뒤 서있던 우리형제 태어나 자란

내 아주 어릴 적 우리 집

바로 뒤가 송정아지매 집이고

그 옆이 본동아지매 집

뒷집 송정아지매 집엔
썰매, 연, 뭐든 잘 만들던 손재주 좋은 한살 위 열(烈)이
한살 아래 철(哲)이, 둘 다 내 친구
키 쓰고 소금 얻으러갔다 부지깽이 매 맞고
그렇게 밉던, 그리운 그 아지매
먼 곳 이사 후 소식모르네

태정아지매, 본동아지매, 덕암아지매, 분둥아지매, 송정아지매,
대궐아지매, 냉정아지매, 양산아지매, 능동아지매……………
우리엄마 안동아지매
도래 도래 이웃해 지낸 정 많던 사람들
하나하나 그때를 떠올리면 그때 그 시절은
흰 무명천 같은 순수(純粹)

사람도 가고, 땅도 가고, 지금은 모든 것들 다 그립다

겨울과 봄

정년 후 아내와 보내는 시간이 많아졌다

겨울엔 난방비 아끼느라 안방과 거실 등 최소의 공간에만

불을 넣는다

그래서 집안의 나머지 방들은 겨울 내내 시베리아다

2층 작업실도 마찬가지다, 그러니 겨울엔 그림을 그릴 수가 없다

추운 겨울동안은 책 읽는 것 외엔 별로 할 게 없다

그래서 온종일 책만 읽는다

겨우 두서너 곳 불을 넣다보니 겨울엔 생활 영역이 매우 좁다

영역이 좁다보니 충돌이 잦다

그래서 잘 때를 빼곤 안방은 아내차지 거실은 내차지다

되도록 각자의 영역을 건드리지 않는 것이 묵계된 합의다

어서 빨리 따뜻한 봄이 와야겠다

그래야 내 영역도 넓어질 것이니까

그땐 뜰에 나가 풀도 뽑고, 꽃도 가꾸고

손 놓았던 그림도 슬슬 시작하고

종다리처럼 파란 하늘 향해 멋지게 노래도 한곡 뽑아보고

이발소 사장

나보다 한살인가 더한 내 다니든 직장 옆
이발소 사장
나 장가간다, 새첩게 내 머리 만져주고
사라진 뒤
삼십년 지났는가, 그보다 좀 더 되는가?
우연찮게 만난 옆 동네 목욕탕 안 이발소
반가움에 덥석 손부터 서로 잡고
그 친구 날 바라보며 대뜸 내 이름 불러놓고
"아이고 아직도 소년이네, 지발 좀 늙으소"
그 친구 그 시절, 노래하난 기막혀
가수되겠다며 전국을 쏘다닐 때, 지금 생각하면
참으로 오랜 세월
허우대 크고 잘생겼던 그 얼굴엔
쪼글쪼글 세월만 내려앉았고

내편이 저편

예사 내 아내는
내 하는 일마다 다
내편인줄 알았다
이 세상 내 하는 일 다
옳은 줄만 알았다
세상과 내가
조금 다르다 해도
모든 것 다
이해되는 줄 알았다
세상에 저런 좋은 여자
없다 생각했다
정말 내 아내는
내게 꽃이었다

그러던 어느 날
내게 무척 섭섭한 일이
엄청 날 섭섭케 해서
그 심정 위로받자
아내한테 말했더니
날더러, 내 아내
그건 어디까지나
당신 생각
그건 어디까지나
당신 생각일 뿐

원- 참- 내, 그 여자
내 아내

누군가 나더러

두 아이 조그말 때
열서너평 아파트 스무남평으로 옮겨
이십년을 넘어 살고
오십 중반 넘겨
넓은 땅 마련하여 덩그러니 집을 짓고
육십을 바로 넘겨
한 십 오년 고집스레 타던 차
새 차로 바꾸었더니
누군가 나더러 부르주아라 칭하네
그래, 어쩌면 인생이란
이런 변덕의 재미에 사는 건
아닐는지?

해는 저물고

생각하면 모든 것이 다 꿈이었다
어느덧 서산에 해는 저물고
내 인생 한 세기 이렇게 저무는가?
넘어질지 무너질지 이대로 버티다
끝까지 하늘까지 갈 수 있을는지?
저문다는 단어하나가 유독
오늘 무척 나를 무겁게 한다

술한잔 해야겠다
저무는 이 시간의 무게를
조금 가볍게 하기위해

붉은 자화상

1. 역(歷)

1949년 음력 사월 열하루, 경남 김해군 장유면

내덕리230에서 세상 첫 울음 울고

고등학교 대학은 서울에서

군생활 3년 매서운 강원도서

새파란 어느 때 훌쩍 바람 날려

남쪽 먼 진주(晉州)의 작은 중학교에 첫발 디뎌

쪼맨한 아이들하고 36년간 씨름하며

죽어라 그림 그리다 지금은 그 풍경에서 비켜서고

그 세월 어느 때 아내 만나 두 아들 낳고

지금은 두 며느리도 보고

한 사내의 시간은 이렇게 흘렀다

2. 통(痛)

사십 조금 넘어 이빨 아파 되고
괜찮겠거니 버티다 한꺼번에 무너진 이빨
꽤 비싼 차한대 값 입안에 넣고 그나마 씹고
오십 후반, 그림 그리는 종이 위 선이 자꾸 삐뚤고
안경이 안 맞나? 오른 눈 가리니 왼쪽 눈이 캄캄
뻔질나게 병원 드나드니, 어느 날 담당의사
손가락 치켜들며 기적이란다
그 후 정신 차려 열심히 걷고, 그러던 어느 날
걷는 그 길바닥 털썩 주저앉고
또 무슨 일?

빳빳하던 기둥곳곳 이렇게 좀은 썰고……

3. 기(技)

그리고, 지우고, 만들고, 부수고

신들린 무당처럼 평생을 나부대며

이 짓을 했다

나는 내 사유의 밑바탕에 자리한

내 직관에 매우 충실했고, 그 직관에서

느낀 감흥을 내 방법으로 읽어내고자 노력했다

그것이 추상이든, 구상이든, 평면이든, 입체든

내 의식 가는대로

내 몸 움직이는 대로

평생 그렇게 살려고 했다

내가 이 짓을 계속하는 한

4. 격(格)

약지 않고 때 묻지 않게 살려

나는 무척 열심이었으나

때론 남에게 영악하게도 보였을 터?

타고난 내 기질 바탕은 솔직 담백

그러나 자존 강하고 때론 도도하기까지

젊은 날 그 싱싱하고 풋풋했던 풋내

세월 따라 흐르며 사그라지고

그 모습 노추(老醜)될까? 자꾸 숨는다

느낌대로 살다 가자

그게 남은 내 인생의 표(標)

5부 흔적

아내와 삼천포항에서

1. 작가 약력

서울서라벌고와 경희대학교 사범대학
미술교육과 졸

작품 활동

· 제26회 국전입선(작품-원지입구)

· 제1회 개인전(진주동양화랑)

· 아시아수채화연맹전(서울, 대만)

· 오늘의 진주미술초대전(부산사인화랑)

· 한국의 정신전초대(파리로아아드작박물관)

· 교육월보지상전(교육부)

· 한국수채화작가100인초대전(서울동덕미술관)

· 아시아국제수채화초대전(중국 허창시립미술관)

· 2002대한민국수채화작가초대전(광주시립미술관)

· 오늘의 경남미술초대전(경남도립미술관)

· 첫 시집 「그냥 산이 되는구나」 출간

· 현 : 한국수채화협회자문위원

2. 작품 변천

1973년 사범대 옥상에서 작업 중

海牧 2詩集

나는
오래전에 그려진
하나의 풍경화

발 행 일 2026년 4월 10일

시 · 그 림 김철수

발 행 인 이문희
발 행 처 도서출판 곰단지
주   소 52818 경남 진주시 동부로 169번길 12, A동 1007호
전   화 070-7677-1622

I S B N 979-11-94688-22-8 (03810)
가   격 15,000원